LA JACOBINIADE,

OU

LE DÉLIRE ET L'AGONIE

DES

JACOBINS;

POEME HÉROI-COMIQUE

EN QUATRE CHANTS ET EN VERS.

Dulce est desipere in loco.
HORAT.

A PARIS,

Et se trouve chez les marchands de nouveautés.

NOTA.

Dans le sommaire du chant premier, *lisez* exposition du sujet, au lieu d'expositin.

Au lieu du vers seizième de la huitième page, *lisez* :

Laisserons-nous des droits qu'ils ont ravis ?

Au lieu des deux vers 2 et 3 de la dixième page, *lisez* :

Tu nous tiras de l'état déplorable
Où, du couteau nous frappant tour à tour, etc.

Au lieu des deux vers 9 et 10 de la treisième page, *lisez* :

Malgré ses cris, déjà plus d'un soufflet
A de sa tête enlevé son bonnet.

PRÉFACE.

Ce petit Poëme est une plaisanterie commencée, il y a plus d'un an, par un jeune homme, qui, ne jugeant pas à propos de lui donner alors de la publicité, l'interrompit pour se livrer à des occupations plus sérieuses; mais le tems et les circonstances l'ayant engagé à continuer cet ouvrage, il s'y remit et l'acheva à la hâte, non par prétention au bel esprit, mais par risée et par amusement.

Aussi, dans cette esquisse burlesque de la conduite des Jacobins, n'a-t-il eu envie que d'amuser ses Lecteurs par quelques détails, qui caractérisent l'esprit d'un parti devenu l'objet de la haine publique : il est bien juste que ceux qui ont fait verser des larmes à la plupart des gens de bien, leur prêtent aujourd'hui de quoi rire, et les dédommagent, en quelque sorte par là, des maux qu'ils leur ont injustement causés.

L'auteur de cet ouvrage n'a nommé personne, laissant au public à faire les applications qu'il jugerait convenables. Il s'est servi de noms empruntés, qui la plupart expriment le caractère de cruauté des personnages mis en action; d'autres, plus communs, ou même plus bas, font voir quelles sortes de gens composaient en partie cette illustre société.

Enfin, dans les tableaux grotesques qu'offre ce Poëme, on verra des peintures vraies du ridicule et de l'esprit de domination qui régnaient dans une société d'hommes libres, qui voulaient enchaîner les autres : on y verra toujours la cruauté à côté de l'ambition, la lâcheté dans le péril, l'arrogance dans les discours, et tous ces sentimens destructeurs qui ont affligé l'humanité.

Si, comme il est possible, il s'est trouvé parmi les Jacobins, quelques individus doués des qualités du cœur, et qui ont frémi eux-mêmes des horreurs que l'on a commises, je les préviens que mon intention n'a pas été de les ranger au nombre de ceux que je tourne en ridicule : partout où l'honnêteté se trouve, elle mérite des égards. Ce serait une injustice de frapper du même trait l'innocent et le coupable.

Voilà tout ce qu'une préface peut dire de ce Poëme. Quant à son style, il doit nécessairement se sentir de l'extrême vîtesse, avec laquelle il a été commencé et achevé. Son titre et l'intérêt des circonstances lui donneront peut-être un mérite qu'il n'a pas ; l'auteur l'a fait pour rire ; et si l'on rit, il est satisfait.

SOMMAIRE

DU CHANT PREMIER.

Début, et invocation faite à la Folie et aux Dieux infernaux ; expositin du sujet. Un Montagnard à la tribune exhorte ses compagnons à persister dans leurs desseins. Peinture du costume des Jacobins ; abaissement de leur parti après la chûte de Robespierre : leurs efforts pour se relever. La Raison descend dans Paris pour éclairer le peuple ; la Vérité la précède : mouvement de plusieurs particuliers ; ils assiégent la salle des Jacobins, en chassent l'assemblée, et la mettent en fuite. Mauvais traitemens faits à la Citoyenne Roquet, vieille Jacobine ; la Citoyenne Cufort est ensuite fessée : ses paroles et la fuite de son amant Saligot. Tout est dispersé, et la salle des séances reste au pouvoir du peuple.

LA JACOBINIADE
OU
LE DÉLIRE ET L'AGONIE
DES
JACOBINS.

> Dulce est desipere in loco.
> HORAT.

CHANT PREMIER.

Des Jacobins je chante l'agonie.
A mes accens, viens, aimable Folie,
Viens, au Lecteur, égayé par tes ris,
Faire agréer mes burlesques écrits.
Et vous aussi, Démons, troupe infernale,
Instruisez-moi de l'esprit de cabale
Et de fureur, dont vos preux Jacobins
Assaisonnaient leurs modestes desseins :

Or, maintenant que la crainte est passée,
Il faut un peu récréer sa pensée,
A leurs dépens, rire de ces Messieurs
Qui parmi nous se disaient les meilleurs.
Pour te parler de leur maudite engeance,
Ami Lecteur, j'ai toussé, je commence.
Plus d'un héros de la société
Montrait encor de l'intrépidité :
De leur première et suprême puissance
Quelqu'un d'entre eux regrettait l'existence.
A la tribune, avec des yeux hagards,
Il exhortait les vaillans Montagnards ;
Il s'écriait d'une voix aigre et forte :
» Souffrirons-nous que l'audace l'emporte ?
» A des ingrats, que nous avons servis,
» Laisserons-nous ce qu'on nous a repris ?
Ce peu de mots enflamme l'auditoire;
Il faut, dit-on, disputer la victoire.
Chacun s'émeut ; et, sans désemparer,
A des combats on va se préparer :
Il falloit voir Brédouillard et Fierguenle.
Telle, au marché, quelque vieille bégueule,

Gesticulant, criant de tous côtés,
Défend des droits justement contestés.
Nos deux hableurs jappant, faisant tapage,
En quelque sorte imitaient son langage.
La plupart d'eux, vêtus bizarement,
D'un bonnet rouge, ornés grotesquement,
Cheveux crasseux, par devant, par derrière,
Et dirigés de certaine manière,
S'imaginaient, sous ce plaisant dehors,
Avoir des droits, et nous donner des torts.
Delà ce front et cette impertinence,
Ce ton d'emphâse et cet air d'arrogance :
Enfin, c'était sous ce déguisement,
Avec l'orgueil d'un esprit dominant,
Que ces frondeurs de tout patriotisme
Prêchaient entre eux le républicanisme ;
Ils maîtrisaient, et c'est tout l'intérêt
Que le public, de leurs soins retirait.
Mais du tyran la disgrace et la chûte
Ralentissaient leur insolente lutte ;
Dans Robespierre, affreux dévastateur,
Chacun perdait un zélé protecteur :

Neuf Thermidor, à jamais mémorable;
Tu nous tiras de l'abyme effroyable
où, de la mort nous frappant tour à tour,
Ce scélérat nous plongeait chaque jour.
Il n'était plus; mais l'hydre à plusieurs têtes
Se relevait sur ses propres défaites :
Des Jacobins, ranimant les efforts,
Elle excitait leur rage et leurs transports;
Ce n'était plus, au lieu de leurs séances,
Que frénésie, excès et violences.
Là, ces Messieurs, politiques héros,
Avec emphâse étalaient de grands mots;
Ils prétendaient, à force d'artifices,
Nous gouverner au gré de leurs caprices.
Mais la Raison, en dessillant nos yeux,
Nous détrompa sur ces audacieux :
Elle saisit un moment favorable
Pour nous prêter une main secourable,
Elle descend, elle vient dans Paris,
De sa lumière éclairer les esprits.
La Vérité s'avance devant elle;
C'est de tout tems sa compagne fidèle.

Filles du Ciel, ces deux aimables sœurs
Du sot vulgaire éprouvent les rigueurs;
De peu de gens elles sont accueillies,
Presque partout l'Erreur les a bannies :
Cette dernière, invisible au grand jour,
A parmi nous établi son séjour :
Là, répandant la stupide ignorance,
Elle réduit le savoir au silence;
Elle est despote, et son pouvoir sans frein
Favorisa le parti jacobin,
Jusqu'au moment où, lassé de ses crimes,
Le Ciel vengea d'innocentes victimes.

Enfin le peuple avait ouvert les yeux;
Il ne voyait qu'un tas de factieux
Qui sous le nom d'amis de la patrie,
Voulaient chez nous fonder la tyrannie.
Du voisinage et des quartiers lointains,
On accourait en foule aux Jacobins;
Ce n'était point, comme au tems de leur gloire,
Pour y grossir leur stupide auditoire,
D'autres motifs attiraient autour d'eux
Certains acteurs doués d'un bras nerveux.

Tels que le vent échappé des nuages
Par son vacarme annonce les orages,
Des cris d'abord répandant la terreur,
Dans l'assemblée ont saisi plus d'un cœur :
Ce bruit confus alarme les courages ;
Déjà cent bras ont cassé les vitrages,
Pierres, bâtons avec force lancés
Entrent partout par les carreaux brisés.
En ce moment, que fera l'assemblée ?
Par la frayeur interdite et troublée,
Elle est sans voix, et cherche avidement
A se tirer d'un danger si pressant.
Qu'est devenu ce prétendu courage
Dont vous faisiez un si bel étalage ?
Répondez-moi, Messieurs les Jacobins ;
Pâles, tremblans, au ciel levant les mains,
Vous le priiez alors de vous défendre.
C'est bien à tort qu'il daigna vous entendre :
En vous faisant succomber sous les coups,
Il aurait dû signaler son courroux.
 Pendant ce tems, l'assemblée et sa suite
De tous côtés s'émeut et prend la fuite.

Malheur à ceux qui, malgré leurs efforts,
En ce moment, ne sont pas les plus forts.
Ils sont traités d'une étrange manière,
A coups de poings et de pieds au derrière;
En s'échappant, en jettant les hauts cris,
Ils sont frappés, hués et poursuivis.
Et toi, Roquet, faisant laide grimace,
C'est vainement que tu demandes grace.
Elle est tremblante, et déjà maint soufflet
A de sa tête arraché son bonnet :
Dans cet état, la vieille Jacobine
Implore envain la puissance divine;
Le ciel en rit; il est sourd à sa voix,
Et constamment il la laisse aux abois.

Dans cette émeute, on n'épargne personne,
De tous côtés on frappe, l'on bâtonne;
Jusqu'au respect, on a tout oublié :
Tendre Cufort, vous me fites pitié,
Lorsque je vis vos fesses rébondies,
Malgré vos pleurs, cruellement meurtries.
Des insolens frappant avec ardeur
Vous la fessaient sans honte et sans pudeur.

De son amant quelle eût été la peine,
S'il eût ôsé, témoin de cette scène,
De sa Cufort ouir les tristes mots
Interrompus, vingt fois par les sanglots!
Hélas! disait cette fidèle amante,
D'un ton plaintif et d'une voix dolente,
» Peut-on, Messieurs, avec tant de fureur,
» De mon fessier ternir ainsi l'honneur?
» Je ne pourrai survivre à cet outrage;
» Epargnez-moi, respectez mon jeune âge,
» Soyez touchés de mes justes douleurs,
» De grace, enfin modérez vos rigueurs.
De Saligot regrettant la présence,
Sa bouche envain demandait l'assistance;
Il s'est enfui. La crainte, dans ce jour,
Fort lâchement l'emporta sur l'amour:
Au désespoir notre belle réduite
S'échappe enfin et prend aussi la fuite.
En partageant le destin de Cufort,
Plus d'une femme éprouve un pareil sort.
  Tout se disperse, et la salle déserte
Aux intrigans ne sera plus ouverte:

On y pénètre ; on voit avec horreur ;
Et cette enceinte, où régnait la fureur ;
Et la tribune, où l'affreux terrorisme,
Dans ses discours sur le modérantisme ;
Se déchaînait en despote absolu,
Prêchant le meurtre et tuant la vertu.

SOMMAIRE

DU CHANT DEUXIEME.

La troupe des Jacobins, après leur disgrace, vient s'en consoler chez la vieille Erynnis, membre de la société. Discours de Brédouillard; il parle de Marat et de ses hauts faits jusqu'au moment de sa mort : à ces paroles, l'assemblée s'attendrit. On donne des larmes à Marat, et l'on se communique son portrait, que l'on arrose de pleurs. Mais le Citoyen-Férox rompt le silence, et prononce un discours qui ne respire que le meurtre et le sang : il fait un tableau du tems où le terrorisme commettait les plus grands forfaits; il finit en exhortant le courage de ses dignes collègues. Erynnis se lève ensuite : peinture de cette exécrable Jacobine; elle dénonce son fils, et témoigne le plaisir infini qu'elle aurait à le voir guillotiner. Après elle, la Citoyenne Furibunda, Jacobine aussi enragée, dépose sur une table le portrait de Marat; et sur ce portrait, fait lever la main à tout le monde, et jurer de tout sacrifier à l'intérêt de la société.

Pendant ce tems, le fils d'Erynnis entre avec des amis, et tombe, à coups de martinets, sur l'assemblée qu'il frappe d'importance : effet que produit cette correction. Erynnis tombe devant son fils : paroles de la mère, et réponse du fils.

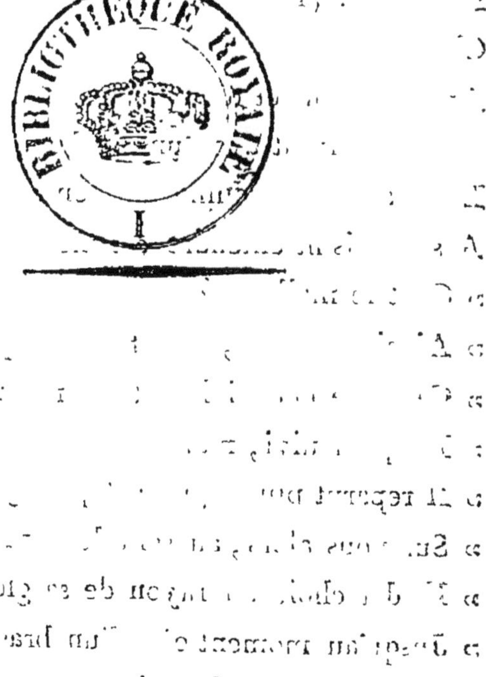

CHANT DEUXIEME.

Chez Erynnis, la clique réunie
Se consolait d'une telle avanie.
La nuit à peine avait fini son cours :
Des maltraités grand était le concours.
On se revoit, on s'accueille, on s'embrasse,
Et la douleur au doux espoir fait place;
Chacun s'émeut, sur-tout quand Brédouillard
Avec clameur et d'un ton nazillard,
Levant le front, avec un air d'emphâse,
L'œil absorbé, comme un homme en extâse,
A ses amis fit entendre ces mots :
» C'est le malheur qui forme les héros ;
» Ainsi que nous, Marat l'incomparable,
» Ce digne chef si long-tems redoutable,
» Fût poursuivi, mais, bientôt triomphant,
» Il reparut plus auguste et plus grand.
» Sur nous alors, au sein de la victoire,
» Il détachoit un rayon de sa gloire,
» Jusqu'au moment où, d'un bras féminin,
» L'enfer plongea le poignard dans son sein.

À ce discours, faisant piteuse mine,
Vous eussiez vu la foule jacobine
Se lamenter, hurler, pleurer, crier,
Et sur Marat fondre et s'extasier :
Des pleurs sans nombre arrosent son image;
On la baisait vingt fois et davantage.
Ce beau portrait passe de main en main;
On se l'arrache, on se défend en vain,
L'avidité brusque la résistance,
On joint la force à la plus vive instance,
A Pierre, à Paul, à Javotte, à Margot
Il faut céder l'image du magot.
Au bruit enfin succède le silence :
Férox le rompt, et d'un ton d'insolence,
» Amis, dit-il, il faut montrer du front,
» Et supporter hardiment notre affront ;
» Ne cessons point de chercher à combattre
» Les ennemis qui voudraient nous abattre ;
» Plus que jamais il faut, il faut du sang,
» Rétablissons sur lui notre ascendant,
» Et ramenons ces illustres journées
» Où tant de morts annonçaient nos trophées.

» Quel heureux tems ! rien ne nous échappait ;
» Pour nous sans cesse un fer mortel frappait.
» La soif du sang qui toujours nous dévore,
» Et dont l'excès s'accroît et nous honore,
» En des torrens, qu'on allait épancher,
» Avec le tems auroit pu s'étancher.
» Quel doux plaisir en ces beaux jours de fête !
» Nous triomphions : notre ame satisfaite
» Eût vu bientôt dans la nuit du cercueil
» Ces fiers humains dont nous bravions l'orgueil :
» Nul d'eux n'osait opposer des obstacles ;
» Alors, alors nous avions des spectacles.
» Sur l'échafaud pour eux dressé par nous
» On les voyait succomber sous nos coups,
» Et cet aspect à nos yeux délectable,
» Entretenait cette haine implacable,
» Qui nous frayait un glorieux chemin,
» En nous armant contre le genre humain.
» Mais en secret laissant gronder l'orage,
» A nos revers opposons le courage.
Avec ardeur appuyant ce qu'il dit,
Chacun se lève, et chacun applaudit.

Mais Erynnis demande la parole.
Veux-tu, Lecteur, de cette insigne folle,
De ce vieux masque, hideusement fardé,
Que je te fasse un portrait mignardé ?
Figure-toi, sur un maigre corsage,
Le plus grand col et le plus long visage,
Une carcasse, où deux yeux supurans,
Sales, crasseux, câves et clignotans,
Dans leur orbite enflammé par la rage,
D'une Alecton nous présentaient l'image.
C'étaient l'horreur et la difformité
Jointes, chacune à la caducité ;
On ne pouvait, sans un dégoût extrême,
Voir sous le fard son teint livide et blême,
Ce large nez ombrageant son menton,
Où le tabac distilait à foison.
Bref, pour finir, voici le personnage :
Son dos convexe et courbé par son age
Se soutenait à l'aide d'un bâton.
D'une voix faible alors forçant le ton,
» Amis, dit-elle, ici je vous dénonce
» Un fils à qui désormais je renonce ;

» C'est l'ennemi de la société,
» Un royaliste, un Feuillant effronté
» Qui, sans égard aux conseils de sa mère,
» Ose hardiment suivre un parti contraire :
» L'infâme a ri de nos malheurs d'hier,
» Oui, je l'ai vu rire, s'extasier,
» Et provoquer par la plaisanterie
» Ceux dont les coups menaçaient notre vie.
» Si le succès change un jour notre sort,
» Je veux qu'il meure, et me doive sa mort;
» A son trépas j'assisterai moi-même :
» Quelle douceur et quel plaisir extrême
» De voir ce fils, sous la main du bourreau,
» Livrer sa tête au tranchant du couteau!
» Il n'est pour moi rien de plus délectable;
» Cette action deviendra mémorable.
» De tels excès sont communs parmi nous,
» Ce sont des traits qui nous distinguent tous.
Elle s'asseoit, le cœur plein de vengeance,
Quand tout-à-coup Furibunda s'avance,
L'œil Furieux, agitant les deux bras :
Tous ces discours ne nous suffisent pas,

dit-elle, alors en mettant sur la table
Du doux Marat l'image respectable,
Jurons, jurons sur ce portrait sacré.....
Chacun s'y porte; et le groupe serré
Lève la main, et jure..... de quoi faire ?
De n'épargner ami, parent, ni pére,
d'immoler tout, jusqu'à la probité,
A l'intérêt de la société.

Pendant le tems qu'ils jurent de la sorte,
Un bruit soudain retentit à la porte :
On frappe, on ouvre; et le fils d'Erynnis
Entre suivi d'un grand nombre d'amis.
Vers l'assemblée humblement il s'approche;
Mais tout-à-coup il tire de sa poche,
(Et ses amis bientôt en font autant)
Un martinet qu'il déploie à l'instant.
Frappés alors à grands coups d'étrivières,
Et vainement faisant maintes prières,
Les maltraités criant, se lamentant,
Font mille tours dans cet appartement.
Ne trouvant plus de clef à la serrure
Pour s'échapper, ils n'ont point d'ouverture;

Et sans relâche on fait pleuvoir sur eux
Des coups portés par des bras vigoureux.
Lors, de douleur et de rage saisie,
Furibunda se pâme et s'extasie :
Ferox près d'elle à peine est existant;
Sur ses genoux il fléchit à l'instant.
La Grosse Anon, par étrange aventure,
Montre un fessier d'une immense structure:
Son cotillon peu sage et peu discret,
sans doute alors, par un plaisir secret,
En se levant de certaine manière,
Avait à nud exhibé son derrière.
Plus loin Roquet exhalait sa douleur:
Mais Erynnis expirant de fureur
Devant son fils va tomber, et lui crie:
Enfant barbare, arrache-moi la vie;
Après l'outrage et le sanglant affront
Que ta fureur imprime sur mon front,
Ote, cruel, ote-moi l'existence.....
Non, dit son fils; sortez de la démence:
Vivez, Madame, et que cette leçon
Vous rende au moins l'esprit et la raison.

SOMMAIRE

DU CHANT TROISIEME.

TOUT est en désordre chez Erynnis ; on frappe toujours les Jacobins : enfin on leur fait grace, et ils sont mis hors du logis.

Situation de Cufort au sujet de Saligot : cet amant, après sa fuite, est allé chez Dame Alix. Pendant son absence, Cufort se livre à la douleur : ses plaintes et ses discours. La nuit qui survient, la force à se mettre au lit. Elle S'endort. Marat lui apparait en songe, lui parle de sa mort, et se plaint du changement survenu dans le gouvernement. Il lui apprend ensuite que Saligot est chez la Dame Alix. Le songe finit. Cufort se lève, et va chez sa rivale : elle y apperçoit Saligot ; elle veut se jetter sur lui et sur Alix. La bonne s'y oppose, et lutte contre Cufort. Leurs combats. La bonne fléchit, et succombe sous les efforts de son ennemie.

Alix effrayée saisit son pot de nuit, et le jette à la tête de Cufort, qui en est blessée. Peinture de ces gens aux prises ; on accourt au bruit. La police survient et sévit contre eux.

CHANT TROISIEME.

Quel dur affront! et quelle étrange insulte!
Chez Erynnis tout était en tumulte:
Les fouets vengeurs allaient toujours leur train;
On étrillait le parti jacobin.
Il fallait voir avec quelle vîtesse,
Avec quels sauts et quels tours de souplesse
Allaient courans les battus et battans.
Mais à la fin, essoufflés, haletans,
Les poursuivis, faisant laide grimace,
En supplians, viennent demander grace:
Honteux, confus, au désespoir réduits,
Hors du logis ils sont alors conduits.
  Pendant ce tems, une amante fidèle
Se lamentait en sa douleur mortelle:
Belle Cufort, vôtre ami Saligot
Est loin de vous, caché dans un tripot.
De ses amis évitant la déroute,
Vers Dame Alix il avait pris sa route:
L'ingrat, hélas! abandonna Cufort
En proie aux coups du plus rigoureux sort:

O lâcheté ! cette amante plaintive,
L'œil aux aguets, et l'oreille attentive,
Avec des cris interrompus souvent,
Dans son logis attendait son amant;
Elle disait, dans sa douleur extrême,
» Amour, Amour, Divinité suprême,
» Qui tant de fois pris part à nos plaisirs,
» Ramène-moi l'objet de mes desirs.
» De mon amant l'absence me consume;
» Un feu brûlant dans mes veines s'allume,
» Je ne sais quoi se mêle à mon ardeur;
» Un soin cruel s'empare de mon cœur :
» Est-ce l'excès de ce feu qui me tue ?
» Mon ame, hélas ! étrangement émue
» Cède avec peine aux transports de mes sens;
» J'éprouve en moi d'horribles mouvemens.
Après ces mots dictés par les alarmes,
De ses beaux yeux coule un torrent de larmes;
Mais tout-à-coup la fureur la saisit;
A son amour se joint un noir dépit.
Dans cet état, la nuit vint la surprendre :
L'ombre déjà commençait à s'étendre,

En déployant partout son crêpe noir.
Enfin Cufort réduite au désespoir,
Le cœur rongé par un soupçon farouche,
Sans son amant, va se mettre en sa couche :
Un doux sommeil bientôt ferma ses yeux;
Elle ronfla, puis dormit de son mieux.

Mais, vers cette heure, où, fuyant la lumière,
La nuit commence à finir sa carrière,
Où, des mortels, les songes voltigeans
Vont récréer, ou tourmenter les sens,
Cufort toujours tendrement endormie
De quelque trouble est tout-à-coup saisie.
L'histoire dit qu'elle eut un songe alors :
Elle voyait sortir du sein des morts,
Et s'élever dans un affreux silence,
Et s'approcher à certaine distance
Un spectre hideux, l'ombre d'un assassin,
L'effroi, l'horreur de tout le genre humain.
» Je suis Marat, lui cria ce fantôme,
» Tu vois, Cufort, devant toi ce grand homme :
» Un fer mortel a déchiré mon sein;
» Mais qu'a produit ce violent dessein?

» Sans le poignard, un mal, un mal immonde
» M'eût fait bientôt disparaître du monde;
» La pourriture avait rongé mes os,
» Mes ennemis devaient être en repos.
» Déjà sans eux ma fosse était ouverte :
» De quelques jours ils ont hâté ma perte.
» Que ce trépas m'eût été glorieux !
» J'en jouirais..... Mais, ô revers fâcheux !
» Un changement en ces bas lieux s'opère;
» Je ne suis plus un mortel qu'on révère,
» Je ne suis plus qu'un monstre teint de sang.
» Hélas! quel sort dans quelques jours m'attend!
» L'heure s'approche, où ma cendre abhorrée
» Doit être au peuple honteusement livrée :
» De quelle injure on va couvrir mon corps,
» Ce corps placé naguère avec transports
» Au Panthéon, azyle de la gloire,
» Où des grands noms réside la mémoire.
» Tout est perdu..... Cufort, et ton amant
» Chez Dame Alix, t'oublie en ce moment.
» Tu la connais, cette femme suspecte;
» Pour ton ami craint l'ardeur qu'elle affecte :

» Je t'en préviens, son commerce trompeur
» De Saligot peut t'enlever le cœur.
» Dépêche-toi ; va, Cufort, va chez elle
» Sauver l'honneur d'un Jacobin fidèle :
Il dit, se tait ; et le songe finit.
Cufort s'éveille, et déjà le jour luit ;
Quel triste jour aux yeux de cette amante !
Il met le comble à sa douleur cuisante.
  L'esprit toujours rempli de Saligot,
Elle gémit, et se lève aussitôt.
Il n'est besoin, je crois, que je m'arrête
A son obscure et commune toilette :
En habit sale, elle part, suivons-la.
Chez Dame Alix la belle s'en alla ;
Bref, elle arrive : elle frappe, l'on ouvre ;
Mais quels objets son œil perçant découvre ?
Elle apperçoit son amant dans les bras
De notre Alix, qui prenait ses ébats.....
Le cœur saisi de dépit et de rage,
Elle s'avance....., ainsi qu'un noir orage
Qui, tapageant dans l'air et sur les eaux,
Vient tourmenter la mer et ses vaisseaux.

Poussée alors d'une fureur subite,
Vers les amans Cufort se précipite;
Mais du logis la bonne, avec ardeur,
S'oppose, lutte, et combat sa fureur.
Les voilà donc toutes les deux aux prises,
Toutes les deux vomissant des sottises.
De mille coups leurs efforts sont suivis:
Quels durs combats! Tels on a vu jadis
Achille, Hector pleins d'une rage aigrie
L'un contre l'autre exhaler leur furie.

Viens à ma voix, viens, Démon des combats,
Viens raconter ces trop fameux débats:
Dis-nous comment pressant, forçant la bonne,
(A ce récit, déjà mon cœur frissonne)
Dis-nous enfin comment cette Cufort,
D'un tour de main, d'un bras nerveux et fort,
Fit succomber sa fière antagoniste.
La bonne envain se défend et résiste;
Il faut céder à la main du vainqueur.
De Dame Alix quelle fut la frayeur!
Elle saisit soudain son pot de chambre:
Jamais armée, et de Rhin, et de Sambre

Ne fit paraitre un tel acharnement.
Le pot de nuit est lancé rudement;
Et de Cufort atteignant la figure,
Lui fait au front une large blessure.
Le vase tombe, en mille éclats brisé;
Et le liquide, avec lui renversé,
S'étend bientôt sur le champ de bataille :
Il fallait voir cette insigne canaille,
L'un dans son lit exhortant, suppliant,
L'autre en courroux sacrant, jurant, criant;
Et plus loin d'eux, Cufort et la servante
Se lamentant d'une voix glapissante :
A ce vacarme, on accourut soudain;
On crie au meurtre, et la police enfin
De cette affaire, ayant pris connaissance,
Contre ces gens sévit sans indulgence.
 On peut juger qu'un tel évènement
A Saligot déplut infiniment :
Cufort surtout en parut désolée;
Elle ne put en être consolée,
Jusqu'au moment où l'excès du malheur
Vint terminer sa vie et sa douleur;

De son trépas on devine la cause,
Mais finissons, et parlons d'autre chose.
D'ailleurs Pégase un peu las de trotter
Devient rétif, bronche et veut s'arrêter.
Ainsi, Lecteur, au coursier d'Hippocrène,
Pour un instant, laissons reprendre haleine.

SOMMAIRE

DU CHANT QUATRIEME.

L'HUMANITÉ *fuyant les crimes de la terre, et retirée au ciel, gémit des cruautés exercées par les mortels. L'Eternel l'aborde, et lui expose les motifs qui l'engagent à punir les hommes : suite de son discours; il commande à un Esprit céleste d'aller chercher Marat et Robespierre, pour les traduire devant le tribunal de l'Humanité. A cet ordre, l'Esprit se transporte en des lieux affreux, où sont grand nombre de tyrans, de tous les rangs et de tous les âges. Réflexions de l'Esprit divin, suivies de celles de l'auteur; allusion faite au sujet d'un personnage fameux par ses malheurs; l'Esprit céleste le cherche envain parmi les tyrans. Ce messager de Dieu saisit Marat et Robespierre; et, les chassant devant lui, les amène tremblans aux pieds de l'Humanité: paroles de l'Eternel et jugement porté par lui*

C

contre les deux coupables; il les précipite ensuite dans le fond des abîmes.

Digression de l'auteur. Il rentre dans son sujet, et continue ses peintures burlesques. Description des derniers et pompeux honneurs rendus à Marat : sa conduite à l'égout Mont-Martre, et ce qui a eu lieu à cet effet. Grande désolation de ses amis; leur désespoir, leur délire et leur fin tragique : extravagances de Furibunda. Ferox plus ferme et plus hardi, comme chef des Jacobins, va chez Erynnis, dont il provoque le fils. Conduite de ce dernier à son égard, et traitement qu'il lui fait. Erynnis de désespoir se pend. Duel entre Ferox et le fils d'Erynnis. Ferox est désarmé. Discours du vainqueur : il immole son ennemi aux manes des victimes du terrorisme.

CHANT QUATRIEME.

INSPIRE-MOI, puissant Dieu d'Hélicon :
Si de ma voix il faut hausser le ton,
Donne à mes vers un vol assez sublime
Pour s'élever jusqu'à la double cîme ;
A des récits sérieux et plaisans
J'ai consacré le dernier de mes chants.

Tandis qu'armé de sa faulx meurtrière,
Le crime altier ensanglantait la terre,
L'Humanité, les yeux baignés de pleurs,
Loin des mortels exhalait ses douleurs ;
Les cruautés d'un parti sanguinaire
Ont déchiré ses entrailles de mère.
Fuyant le monde et retirée au ciel,
Elle passait des jours remplis de fiel,
Car notre sort qui l'occupe sans cesse,
Avait toujours des droits à sa tendresse.
Mais le moteur de ce vaste univers,
Le Dieu puissant et du ciel et des mers
L'aborde alors, et lui dit ces paroles :
» Ma chère fille, à des êtres frivoles

» Laisse à-la-fois et le crime et l'erreur,
» Et calme enfin tes soins et ta douleur.
» L'homme a reçu la raison pour partage;
» Quand il lui plaît, il en peut faire usage,
» Mais ces mortels en ont tous abusé!
» A ses devoirs chacun s'est refusé.
» Je les punis de leur extravagance;
» Jusqu'au moment qu'il plaise à ma vengeance
» De ralentir pour quelque tems sur eux
» Ce châtiment qui les rend malheureux:
» Après avoir exercé ma justice,
» Il faut un jour que le méchant périsse;
» De mes rigueurs je brise l'instrument
» Je le dissous. Un sort pareil attend
» Tous ces mortels par qui le mal s'opère.
» En butte aux coups de ma juste colère,
» Au premier pas de leur ambition,
» J'anéantis leur élevation.
» Tels ont été Marat et Robespierre,
» Ces vils tyrans sortis de la poussière;
» Ils sont ici dans un cruel effroi.
» Ma fille, il faut qu'ils viennent devant toi:

» Soumis aux lois d'un tribunal suprême ;
» Je veux qu'ils soient condamnés par toi-même.
Disant ces mots, il commande à l'instant
D'aller chercher ces mortels qu'il attend.
C'est un Esprit qui remplit cet office :
Exécuteur de sa haute justice,
Il va soudain en des lieux infectés,
Séjour affreux des tyrans détestés,
Où, sans pitié livrés à Tisiphone,
Dans son courroux le ciel les abandonne.
L'Esprit arrive : il voit parmi les morts
Ces fiers tyrans déchirés de remords,
Qui, pleins de soins et d'amour pour eux-mêmes,
Plongent le peuple en des malheurs extrêmes,
Sacrifiant à leur ambition,
Et la patrie, et la religion,
S'applaudissant, souriant à leurs vices,
Et ne régnant qu'à force d'injustices :
Ils sont plongés dans un gouffre profond;
Le crime atroce est gravé sur leur front :
L'Esprit divin en secret les observe.
» A quels bourreaux, peuples, on vous réserve!

S'écrie alors le Messager de Dieu ;
» Que d'insensés enfermés dans ce lieu !
» Que de tyrans ! des prêtres, des ministres,
» Des grands, des rois, et des flatteurs sinistres,
» Des gouvernans de toutes les façons,
» Des sots, des fous, des jeunes, des barbons.
Mais, en ce lieu, tout est rangé par classe ;
Rois et sujets, chacun trouve sa place :
Il est encor quelques sièges vacans
Et réservés pour des êtres vivans :
De les nommer, ce n'est point mon affaire.
Oh ! que de gens trembleraient sur la terre,
Si l'on savait quelle punition
Est réservée à leur ambition !

L'Ange divin passe tout en revue ;
Déjà par lui l'enceinte est parcourue.
Il y cherchait un prétendu tyran,
Un homme juste, humain, compâtissant,
Qui de son cœur fut lui-même victime,
Et qui périt, parce qu'il fut sans crime.
On m'a trompé, dit-il, assurément,
Et dans ces lieux je cherche vainement :

Cet homme doux, que le ciel déifie,
Est un héros au-delà de sa vie;
Ne cherchons plus, et sur ses ennemis
Versons, versons des tourmens infinis :
En même-tems il saisit Robespierre;
Marat traité de la même manière
Avec effroi cède à l'Ange puissant,
Qui devant lui les chasse honteusement.
  Déjà saisis d'une frayeur extrême,
Ils sont aux pieds de leur juge suprême;
Troublé, confus, avec un air rampant,
Le couple indigne attend son jugement.
En les voyant, l'Humanité frissonne;
Monstres; dit-elle....., et sa voix l'abandonne.
Mais c'en est fait; leur sort est prononcé.
Dieu parle enfin; et, d'un ton courroucé,
» Cruels, dit-il, vils tyrans de vos frères,
» Quel but avaient vos fureurs sanguinaires?
» Ces noirs complots, ces persécutions,
» Tous ces excès et ces proscriptions?
» Ils ne tendaient, infâme Robespierre,
» Qu'à t'élever du sein de la poussière,

» Mais, insensé ! j'ai ri de ton espoir ;
» Le trône illustre, où tu voulais t'asseoir,
» Fut l'échafaud, où ta barbare audace
» Depuis long-tems avait marqué sa place.
» Et toi, Marat, cœur altéré de sang,
» De la vertu l'horreur et le tyran,
» Après ta mort, tu te flattais de vivre ;
» Mais ma vengeance ardente à te poursuivre
» A tout détruit : il ne reste après toi
» Qu'un souvenir qui fait frémir d'effroi ;
» Et ces honneurs qu'on rendait à ta cendre,
» Auxquels tu crus avoir droit de prétendre,
» Ces honneurs, dis-je, ont fait place au mépris :
» On te déteste à jamais dans Paris ;
» En te chassant du temple de la gloire,
» Un peuple entier abhorre ta mémoire,
» Et tes lauriers de son sang arrosés
» Avec transports seront par lui brisés.
Ainsi parla ce Dieu dans sa colère :
Il fait trembler le couple sanguinaire ;
Il lance alors un regard foudroyant,
Et de son souffle il les pousse à l'instant

Avec roideur dans le fond des abîmes,
Où sa justice a vengé leurs victimes.
  Mon cher Lecteur, peut-être diras-tu,
Ce style grave est d'un froid absolu;
Il me déplait, et j'aimerais mieux rire.
Soit, j'y consens. Ce qui me reste à dire
En t'égayant, plaira sans doute mieux
A ton esprit peu fait au sérieux :
Or, taisons-nous. Quand ma lyre frédonne,
Je suis rêveur, et n'entends plus personne.
  Du Panthéon, Marat qu'on délogeait,
En compagnie, à l'égout s'en allait :
On sait sans doute avec quelle avanie
Il fut porté naguère à la voirie.
Sa cendre mise en un vase odorant,
(C'était, je crois, un pot de nuit puant)
Mais poursuivons. Sa cendre avec outrage
Mise en ce pot servant à maint usage,
Est déposée au bruit de mille cris,
Dans un cloaque, où règne Méphitis (*);

(*) Déesse des égouts.

C'était un lieu de la plus sale ordure ;
Trop digne encor d'être sa sépulture.
O sacrilège ! ô mépris des grands cœurs !
De Saint-Marat voilà donc les honneurs ?
On jouissait, on se pâmait de rire.
Mais quels transports n'ai-je point à décrire ?
Tous ses amis en larmes se fondaient ;
Les uns pleuraient, d'autres se lamentaient.
Fiergueule alors, ainsi qu'un frénétique,
Veut se tuer au fond de sa boutique :
De son tranchet, qu'il tenait à la main,
Le furieux allait percer son sein,
Quand tout-à-coup arrive son confrère.
Ah ! Brédouillard, dit-il, qu'allais-je faire !
Eteindre en moi l'espoir des savetiers.
Vivons, ami, l'honneur des cordonniers,
Vivons, vivons : il faut que la manique
Reprenne un jour ses plans de politique.
Mais, à ces mots, ils sanglotaient tout bas.
Que de douleurs alors ne vit-on pas !
Roquet pâlit, et fortement soupire :
Furibunda tombe dans le délire ;

Elle grimace, et roulant deux gros yeux,
Exhale en cris son dépit furieux.
  Mais, variant ses accès de folie,
Elle se livre à la mélancolie :
Plus calme alors, elle pleure et gémit,
Puis aussitôt de rage elle frémit ;
Comme un lion, agitant sa crinière,
Elle se meut d'une horrible manière,
Parle tout haut d'un ton extravagant,
Et donne au peuple un spectacle amusant.
Son œil hagard ne connait plus personne ;
De plus en plus sa bouche déraisonne,
Et proférant toutes sortes de mots,
Adresse au ciel sa plainte et ses sanglots.
  En apprenant une telle aventure,
Cufort succombe aux maux de sa blessure :
Un noir dépit se joignant à son mal,
Elle en reçoit bientôt le coup fatal ;
Envain, ses yeux fermés à la lumière
Voudraient encor soulever leur paupière ;
Elle n'est plus : ô déplorable sort !
Qui ne plaindrait le destin de Cufort ?

Mais Saligot ne peut pas lui survivre;
Au désespoir soudain son cœur se livre:
Ne suivant plus qu'un violent transport,
A la rivière il court chercher la mort.
Tandis qu'ainsi chacun se désespère,
Ferox doué d'un plus grand caractère,
Va, plein de rage, au logis d'Erynnis.
Ciel! en entrant, il y trouve son fils:
Vous triomphez, Monsieur l'aristocrate,
Lui dit Ferox; un doux espoir vous flatte,
Mais quels que soient vos ris et nos affronts,
Ne croyez pas courber jamais nos fronts.
Contre son fils Erynnis se déchaîne;
Sa vue en elle a réveillé la haine.
Mais, saisissant Ferox par le collet,
Et d'une main lui donnant un soufflet,
Le fils aigri hors du logis l'entraîne,
En lui disant, si ton ame inhumaine
Joint le courage à la férocité,
Viens, cours venger ton honneur maltraité:
Ferox accepte; et, bouffi de colère,
Avec audace il suit son adversaire.

Pendant ce tems, livrée à des remords,
Ou n'écoutant que ses derniers transports,
De désespoir, Erynnis va se pendre :
A certain croc, ayant su se suspendre,
Elle s'étrangle à l'aide d'un lacet.
Suis-moi, Lecteur, fuyons un tel objet;
Et loin de nous laissons à l'agonie
Cette exécrable et brutale furie.

Suivons son fils. Les combattans enfin,
Jarrets tendus, et l'épée à la main,
Vont s'escrimant d'une horrible manière,
Toujours parant la lame meurtrière;
Mais par un coup, qu'il ne peut éviter,
Ferox en l'air voit la sienne sauter.
Son ennemi soudain sur lui s'élance,
» Meurs, scélérat; te voilà sans défense;
» Lui criait-il : oui, péris, monstre affreux;
» N'espère pas qu'envers toi généreux,
» En ce moment je te laisse la vie;
» Je vengerai l'honneur et la patrie.
» O mes amis, infortunés humains,
» Sur qui pesait le joug des Jacobins,

» Et vous sur-tout, qui fûtes leurs victimes,
» Vous, dont la mort fut l'œuvre de leurs crimes,
» Je sacrifie à vous, à vos enfans,
» Le plus cruel de nos derniers tyrans.
C'est vainement que son lâche adversaire
Croit désarmer sa terrible colère :
Il ne peut rien ; et déjà le vainqueur
Poussant le fer dirigé vers son cœur,
A, dans son sein, d'une main assurée,
Jusqu'à la garde enfoncé son épée.
Sur ses genoux, tombe le furieux :
Bientôt la mort vient lui fermer les yeux ;
Il perd son sang, tandis que son visage,
Dans tous ses traits, conserve encor la rage :
Ferox enfin pousse un cri dans les airs,
Et son esprit s'enfuit dans les enfers.

FIN.

www.ingramcontent.com/pod-product-compliance
Ingram Content Group UK Ltd.
Pitfield, Milton Keynes, MK11 3LW, UK
UKHW020446230726
13925UKWH00004B/1818